台灣記遊詩

神道

李居福 著

博客思出版社

序

以至愛為開端　以至圓為總結

　　真善美是人生追求的最高境界，誠樸愛則是人和的必要因素，本書約略概括其中。

　　本書以古詩七律（七言八句）之格式，不講究平仄、押韻，只求文從字順地平鋪直敘人生旅程，和處世哲學的心靈感受，詞文、書法、繪畫，全部自行完成。

　　本書以至愛為開端，以至圓為總結，並以奇美台灣（盆栽）創意畫作道盡美麗福爾摩沙台灣之美。希望能得到讀者的喜愛，也期望未來在書繪的領域裡有更好的成果展現與大家分享。

　　　　　　　　　　李居福　于2017/12/5

目　錄

人生十二樂事

一、尋遍千山腳下走，登高望遠小天下。
二、明月高懸海上輝，沙洲步閒望星河。
三、四海雲遊訪勝景，豐富人生滿心中。
四、知音益友時來訪，茶禪一味聊與共。
五、飛瀑湧流精氣神，山澗淺溪洗塵埃。
六、晨昏定省子孫賢，代代相襲永流傳。
七、扶弱濟貧常布施，不求功德來迴向。
八、筆墨紙硯四寶全，瀟灑飄逸任我揮。
九、蒔花養性盛開期，舞蝶飛來共享宴。
十、隨性引吭歌一曲，豁達人生添樂趣。
十一、雨過天晴萬般新，外出賞景益強身。
十二、書藝創作無窮盡，賞覽之餘當如是。

註：人生樂事何其多，各投所好，
　　各盡其能，以上為自我十二樂事。

李居福　題于2017/8/11

展有金屬股份有限公司

人生百年一旦过

功名富貴轉眼拋

一旦黃土埋枯骨

得傳千古誰幾人

因而人生最英實

唯有兒娘那娘至

刻親婿以為貴

共則親婿以為貴

但學健康而長存

1975年雙十年華夜班白思之

李信福 題

展有金屬股份有限公司

山林泉石之勝景
雲露茫茫之遊境
盡覽眼中迷所遠
然情醉花此不去
身歷其境飄飄然
右如遺世而獨立
入乎右洞且登山
心胸曠達樂陶然

1977年元旦遠遊合歡山有感

李□福題

展有金屬股份有限公司

輾轉微夜晚難眠
左思右念情侶人
如夢似幻入醉中
依稀彷彿在身旁
日色漸淡东方白
夢見醒來說成空
回憶甜得再回味
唱嘆咫尺天涯遠

1983年狹之夜嘆

李民福題

愛

人生百年一旦過　功名富貴盡是拋
一坏黃土埋枯骨　得傳千古能幾人
因而人生最真實　唯有把握於現在
然則親情以為貴　快樂健康永長存

1975年　雙十年華　夜以而思之

陶 醉

山林泉石之勝景　雲霧茫茫之迷境
盡覽眼中無所遺　然惜雪花此不來
身歷其境飄飄然　有如遺世而獨立
人生有閒且登山　心胸曠達樂陶然

1977年　元旦遨遊合歡山有感

少年的思慕

輾轉徹夜忱難眠　左思右念俏佳人
如夢似幻入酣中　依稀彷彿在身旁
月色漸淡東方白　夢兒醒來總成空
回憶且待再回味　喟嘆咫尺天涯遠

1983年　秋之夜嘆

淡 然

青山綠水依舊在　事物容顏已全非

韶光一去不復返　歲月增長有何悲

日東起兮終西下　呱呱墜地也須老

萬物起源真奧妙　莫須傷感徒自擾

2016/4/6 花東縱谷多年後再次之旅感言

鳥語花香

雲霧縹緲滿山谷　野鵑鮮紅朵朵開
杉木翠竹聳雲霄　鳥叫蟲鳴四處聞
人間若有仙境處　鳳凰古道非莫屬
巍峨青山永遠在　我愛青山是我家

2016/5/7 溪頭台寅山鳳凰古道健行感言

註：現山路土石崩落，不適前往，已禁止進入。

及時行樂

煙嵐起兮仰天飄　形同飛瀑俯瀉下

氣勢磅礡多凜然　自然變化真奇妙

人生在世有時盡　惜取光陰如寸金

有福能享盡須享　莫待臨老空遺憾

2016/5/7 溪頭登台寅山觀霧飄揚感言

神采飛揚

仰首蒼天望無際　俯瞰大地邊無垠

古來詩人堪寂寞　文思泉湧源不絕

大坑山上今日遊　雲彩飛揚和風送

青山翠谷入眼簾　心曠神怡透心扉

2016/5/11 臺中登大坑頭料山山上題

樂 活

阿罩霧山一行遊　談笑風生趣事多

樟公廟上起點處　沿途美景好風光

二等山上三角點　合照擺姿多婀娜

人生閒暇且爬山　心神俱暢樂怡然

2016/5/13 健行於臺中霧峰阿罩霧山感言

氣足神清

阿罩霧裡秘境處　玉蘭飄香滿山谷
風和日麗後山行　成群結隊好精神
拋開人間煩惱事　身輕有如燕雲飛
回程谷處高歌唱　人人美聲樂開懷

2016/5/13 回顧臺中霧峰（舊稱阿罩霧）玉蘭谷健行感言

茶 道

峻偉高聳獨立山　樂山同好共攀躋
蜿蜒階石步步高　秀麗山川近眼前
古道鳴笛火車過　幽靜山林響天霄
奉天宮上齊泡茶　神清氣爽樂逍遙

2016/5/15 回顧嘉義登獨立山感言

千山疊翠

塔塔加上暗夜過　黎明破曉行腳起
排雲山莊暫休憩　飽滿精神續前行
人人快速健步走　松林野花美不盡
峰頂環顧四周處　壯麗山巒舞雲海

2016/5/15 回顧玉山當日登頂往返感言

萬里和風

崖壁巨石屹立在　颱風下雨永不摧
古來在此數多年　豎立若是有神靈
風洞石上此行遊　日麗風和雲飛揚
蟬鳴悅聲滿林間　怡然自得樂悠悠

2016/5/16　臺中大坑風洞石健行感言

飛　舞

大坑四號頭嵙遊　林蔭蔽日微風涼
扶木拾級步步登　霧漫山谷暢心懷
彩蝶飛舞林間道　悠然自得美姿多
鷹盤翠谷在眼前　氣勢非凡霸一方

2016/5/18　臺中大坑頭嵙山賞景感言

歡笑藏心

谷關七雄馬崙山　同好邀約共躋攀
林立巨木聳雲霄　鳥叫蟬鳴到處聞
觀景山巒賞不盡　古校遺址懷思多
峻嶺雄偉登頂上　合照俏姿樂遨遊

2016/5/28　谷關馬崙山登頂感言

萬物爭榮

大坑二號頭料行　木階陡峭奮攀爬

沿途徐風暖和送　知了鳴聲響不絕

峯頂坐對鳶嘴山　崔巍一尖傲羣峯

蜻蜓飛燕戲翠谷　賞心悅目樂其中

2016/6/2　臺中大坑二號往頭料山健行感言

雲采朵朵

唐麻丹山步道遊　階石險峻步步陡

短攀折往馬崙山　山風送涼愜意濃

健行止於觀景台　遠眺東卯鳶嘴山

層峯起伏雲朵飄　美不勝收樂開懷

2016/6/5 谷關行感言

諄諄教誨

有女熱忱為師表　力求上進入研所
晝日為師夜為生　苦盡甘來學有成
人文豐碩臺師大　培育師資名揚遠
今日拍照予留念　緬懷校風育學子

2016/6/11 女兒師大研所畢照感言

悠 遊

五酒桶山健行走　綿綿細雨疾風臨
樹搖枝擺左右飄　綠意盎然舒心爽
途中山友引吭唱　美聲餘音堪繞梁
土地公廟行盡處　賞機起降樂今遊

2016/6/12 桃園南崁五酒桶山健行感言

回 春

晴時多雲偶陣雨　氣候變化真萬千
雨過天晴幾黃昏　散步興大椰林道
挺拔椰柳矗立多　植此以來有多年
幾番風雨見精神　我步其中似少年

2016/6/16 興大椰林道步行感言

賞心悅目

興大溪畔景觀橋　熙來攘往人潮匯
潺潺流水細涓涓　兩側垂釣智者眾
霓虹閃爍夜已臨　素人歌手伴奏鳴
景致優雅望星空　駐足賞心樂此遊

2016/6/19 興大景觀橋夜遊感言

懷　念

晨昏定省數十載　先後辭世已成仙
勤儉持家育兒女　鶼鰈情深共一生
子孫滿堂學有專　立足社會各一方
浩瀚之恩不敢忘　永懷嚴父慈母心

2016/6/21　懷念父母題於晨曦

光輝宇宙

運動公園操場區　寬敞樹多人也多
健走跑步各極能　人人飽滿精神足
夕陽西下已黃昏　一道彩虹掛天邊
藍天白雲襯其中　美麗如畫弧形橋

2016/6/21　傍晚散步於大里運動公園　驚艷天邊一道大彩虹感言

福 壽

人生六十足歲滿　與妻兒女共慶生
華泰名品牛排館　美饌佳餚撲鼻香
琳琅滿目壁上畫　五光十色伴樂聲
租處點蠟切蛋糕　許願祈福事事成

2016/6/23 滿六十足歲生日與家人慶生於桃園感言

天下奇觀

長城建造始秦皇　綿延千里歷史悠
苦力勞役功不沒　保家衛國績斐然
蜿蜒階石依山建　秀麗峯巒進眼簾
絡繹不絕觀光客　我攀其中似壯年

2016/6/23 回顧北京天下第一關處攀爬萬里長城感言

古往今來

遠近馳名夜上海　慕名而來觀光多
燦爛霓虹綴外灘　萬頭攢動人潮湧
八國聯軍入中國　領事行館尚猶存
東方明珠雄偉立　古今對照兩樣情

2016/6/24　回顧大陸十一長假夜遊上海外灘感言

千古美景

杭州西湖自由行　身臨其境名勝多
垂柳倒影生美姿　湖光山色賞不絕
遠眺高聳雷風塔　美麗傳說互古存
人間天堂名不虛　古來文人必此遊

2016/6/25　回顧杭州西湖自由行感言

啼 鳥

霧靄溪頭雨綿綿　鬱鬱蒼蒼杉林道
清新醒腦芬精溢　步行其間身輕巧
雨歇群鳥外覓食　穿梭園區處處啼
消暑勝地炎夏日　森林浴中養生遊

2016/6/26 溪頭雨中行感言

韶 光

年少青春歐洲遊　名勝古蹟難盡書
藝術雕塑處處見　古色古香引遐思
瑞士田野驚鴻瞥　旖旎風光如詩畫
白金漢宮賞閱兵　炯炯精神難忘懷

2016/6/27 回顧歐洲遨遊感言

美意長在

景致優美中興湖　新人婚攝必至處
奇花異草樹葉茂　夜鷺棲息已成羣
翩翩後到白鷺鷥　徊翔湖中展美姿
母鵝唱隨公鵝叫　溫馨畫面感心懷

2016/6/28 興大中興湖一遊感言

清 爽

值此酷暑盛夏天　馳騁山區谷關行
捎來吊橋漫步遊　徐風清涼暢意濃
途中短憩觀景台　青山浮雲美盡收
回程白冷嚐冰品　驟雨傾盆暑氣消

2016/7/3 谷關捎來步道健走感言

珍 惜

月有陰晴之圓缺　人有旦夕之禍福

誰知今日之所生　明日又能當若何

世間有愛真善美　盡力效行須及時

今日之事今日畢　莫待他日空蹉跎

2016/7/7 探訪騎機車意外被撞受重傷之友感言

賜 福

百年強颱東部侵　滿目瘡痍歷歷在
災損物毀幸人安　重建家園須費時
中央山脈巍聳立　西部地帶得倖免
賑災救濟忙紓困　人間處處有溫情

2016/7/8 百年來強颱尼伯特17級風　驟雨傾盆重創東部感言

丁酉年仲夏李宗福書

靜 心

閒來無事翻字典　千錘百煉訴筆墨
文辭並茂再精進　升堂入室臻理想
物質生活可儉樸　精神生活更追尋
學海無涯勤為岸　豁達人生智慧開

2016/7/9 淡泊名利追求人生另一層次的境界感言

勤 學

書中自有黃金屋　書中自有顏如玉
古聖先賢必效法　至理名言亙古傳
一寸光陰一寸金　寸金難買寸光陰
勸君惜取少年時　莫待臨老空奈何

2016/7/10 奉勸年輕朋友把握青春立定志向感言

思 念

百善之舉孝為先　身體力行數十載
雙親仙逝皆福壽　教養恩情難忘懷
萬籟俱寂午夜時　思念之情油然生
樹欲靜而風不止　子欲孝而親不在

2016/7/10 于母親仙逝周年前夕感言

山明水秀

如詩如畫臺灣湖　天造地設三汀山
崎嶇小徑蟋蟀聲　清脆悅耳滿園間
好漢坡上邁步走　抖擻精神氣昂揚
行處觀景瞭望臺　鳥瞰平原美當前

2016/7/10 臺中太平三汀山望高寮健行感言

永結同心

鄉土名劇八點檔　茶餘飯後老少賞

高潮迭起劇中情　引人入勝目不暇

恩愛夫妻變仳離　現實人生也常見

珍惜彼此互尊重　永結同心百世昌

2016/7/13 觀劇中恩愛夫妻因感情出軌而仳離感言

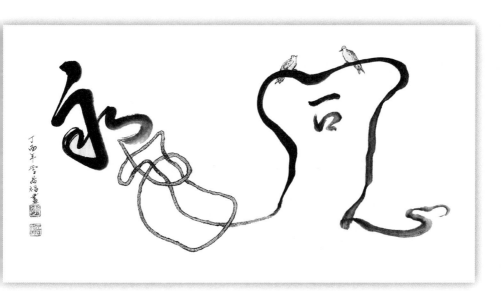

百年好合

秀外慧中儉持家　貞愛兒女勝自己
吾婚為妻情意深　愛其清純善美心
一家生活樂融融　生生世世永不離
難得人生共連理　忘其之齡美貌存

2016/7/15 與摯愛之妻秀貞結婚至今 一家生活融洽感言

池荷淡淡花香
舞蝶翩翩来

丁酉年之夏
李居福畫

行雲流水

龍瀑磅礴山之巔　鳳瀑輝映隱林間
呈露美景清澈眼　祥雲飛揚蔚藍天
百花奇卉翁鬱蒼　年年若是廣流傳
好事成雙靈秀山　合得時宜萬古存

2016/7/18 南投中寮龍鳳瀑布雲遊感言

平 安

渾然天成鯉魚潭　靈驗異象時有聞
以龍為首七大穴　主宰運勢傳千里
四面環山蒽翠林　水秀山明人匯集
潭中高聳觀世音　祥和人間保安康

2016/7/19 臺中埔里鯉魚潭一遊感言

童 年

天真無邪六年期　同學齊聚玩樂多
躲避丟球為首選　騎馬打仗更刺激
排球廝殺拚技藝　鞦韆盪晃生情趣
點滴生活回憶裡　溫馨畫面浮心頭

2016/7/20 回憶小學同學玩樂感言

註：騎馬打仗→人背人或頸上挺人，雙方交戰，上方人被拖下或
　　兩人皆倒即輸。

樂 居

純樸鄉間瓊埔村　家中務農以維生

每逢寒暑幫農忙　種植施肥樣樣行

居家門前有排溝　雨下急流忙網魚

乾涸無水捉泥鰍　農村生活樂趣多

2016/7/20 回顧學生時期的點滴情趣感言

禪 心

耳順之年今屆滿　前塵往事雲煙過
七情六慾諸多事　實難一一而道盡
閱覽之餘練書法　循序漸增興趣濃
進修學習為樂活　啟發智慧滌心靈

2016/7/22　學無止境感言

天地悠悠

翠虹橋處吊橋過　杉木林立遍滿山
大學池內拱竹橋　倒影池中美如畫
天空走廊行一圈　芬精滿溢滲心房
神木歲歷二千年　懷古幽情暢悠遊

2016/7/23 溪頭森林教育園區步遊感言

學海無涯

悄然而止抒文詞　淡泊名利人生觀

餘生不多當珍惜　勤讀詩書增見聞

他日握筆再敘時　一揮而就更瀟灑

小時了了大未佳　臨老向學也不遲

2016/8/15 人生七十才開始　往者已矣　來者可追感言

四海皆知

日行天際日復日　月映湖中年復年
潭深賞景數不盡　明媚景色中外知
媚引觀光遠道來　好山勝地日月題
風光亮麗鐵馬道　景色怡人耀全球

2016/8/17 回顧日月潭騎腳踏車環湖感言

美如仙境

阿里山上觀日出　里萬初曙輝破曉

山中雲深不知處　上窮碧落下黃泉

雲海茫茫無邊際　海市蜃樓虛幻影

日復一日年復年　出處仙境也若此

2016/8/17 回顧阿里山看日出雲海感言

富山貴水

地靈人傑太魯閣　臥虎藏龍歲萬年
慕名而來觀光客　夢裡尋他樂忘回
人生幾度夕陽紅　縱天之志幾人得
名山勝景直須賞　樂遊山林媲神仙

2016/8/18 回顧太魯閣國家公園之旅感言

攬勝宜人

南國之要墾丁行　舒適宜人林蔭道
龍銀洞穴鐘乳石　驚豔凝聚千百年
林木密佈草叢區　喜遇野生梅花鹿
觀海樓上眺四方　美景盡收愜意遊

2016/8/19 回顧墾丁國家公園森林遊樂區一日遊感言

向 學

盛唐之期詩人多　一字千金名遠播
詩仙詩聖不脛走　萬世流芳代代傳
詞藻優美引遐思　感同身受意境處
人生過隙如白駒　豈能寂寥度今生

2016/8/20 莊敬自強感言

俯仰天地　惜時有為

歲月匆匆倏然過　花甲之年已來到
白雲蒼狗幻莫測　物換星移能幾秋
當下行事須斟酌　光陰惜取寸寸得
天地正氣為所養　古今完人當效法

2016/8/20 感嘆人生短暫 活在當下 為所當為 感言

修身養性

近朱者赤當須行　近墨者黑須戒慎
友朋相交滿天下　知音益友能幾人
為善為惡一念間　心之所向當揚善
嚴以律己守綱要　寬以待人敞胸懷

2016/8/21 處世哲學感言

觀古聖先賢宏旨感言

忠心愛國更愛家　孝行百善為之首
仁義道德須遵循　愛之家人及親友
信守承諾言必行　義行風範被德澤
和樂人生共追尋　平和世界大同觀

2016/8/21　觀古聖先賢宏旨感言

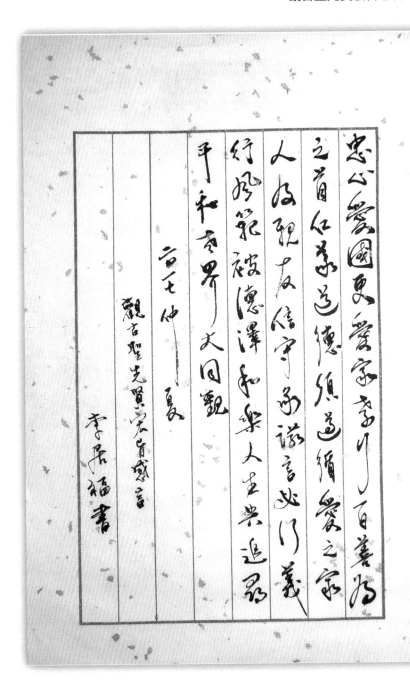

忠心愛國更愛家孝行百善為
之首仁慈道德須遵循愛之家
人必親友信守承諾言必行義
行師範被德澤和樂人生與進步
平和世界大同觀

言元仲夏

觀古聖先賢宏旨感言

李居福書

真 誠

以文會友共砥礪　以友輔仁修德行
心如明鏡豁達觀　知音益友因緣得
促膝長談話生活　樂事交流風趣生
待人處世以圓柔　設身其境共同歡

2016/8/21 知音益友心靈交流話家常感言

懷情幽思

暢坐客輪海上行　碧海藍天浪滔滔
海天一線望無痕　心胸寬闊無倫比
貞烈故情七美人　落鬚成蔭榕樹林
跨海大橋竣偉立　永懷幽情澎湖灣

2016/8/22 回顧澎湖旅遊感言

白居易琵琶行段落

白居易之琵琶行　字字圓潤句句題
大珠小珠落玉盤　何其懾人扣心弦
古來豪傑寂潦落　吟詠詩詞抒情懷
亂世佳作時有見　超群絕倫此詩文

2016/8/22　賞唐詩三百首之白居易琵琶行感言

大絃嘈嘈如急雨 小絃切切如私語
嘈嘈切切錯雜彈 大珠小珠落玉盤
間關鶯語花底滑 幽咽泉流水下灘
水泉冷澀絃凝絕 凝絕不通聲漸歇
別有幽愁暗恨生 此時無聲勝有聲

錄 白居易琵琶行

二〇一七仲夏

李居福書

和樂融融

兄存厚愛顧弟妹　友善之情敞心懷
弟見兄長必尊稱　恭敬情感銘心頭
和睦相處至今時　樂為子孫之典範
家慶有餘年年報　庭訓謹記思慈母

2016/8/23　感受父母教導至今　兄弟姊妹和睦相處感言

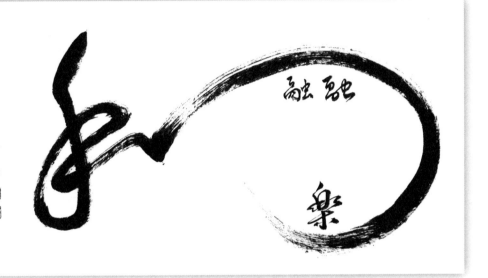

春風得意

八通關上一群遊　聊天幽默笑聲多
沿途野花綴青山　掇拾美景滿山林
父子斷崖驚悚過　清風徐來透心涼
雲龍吊橋賞飛瀑　合照美姿樂行遊

2016/8/25　回顧東埔溫泉八通關古道一行遊感言

心曠神怡

天外有天早已聞　山中有山更神奇

白楊步道天祥處　世外桃源誰爭稱

飛瀑俯下湧急流　奇石崖峨綴深山

水濂洞穴逍遙過　西遊記趣樂同遊

2016/8/26 回顧天祥白楊步道遨遊感言

益壽延年

草嶺之行拾景多　萬年峽谷名勝傳
溪水湍流蝕岩床　蔚為奇觀如天工
遠眺青山蒼翠林　徜徉河床胸寬懷
淨化塵凡舒心靈　修身養性盡其中

2016/8/27 草嶺萬年峽谷之遊感言

怡情強身

大坑九號步道遊　人來人往不絕中
山風漸涼秋意濃　夕陽餘暉耀天空
徐行而止觀音亭　闊談笑聲滿山友
偷得浮生半日閒　賞景健走益強身

2016/8/28 假日臺中大坑九號步道遊感言

奧 妙

生命起源真奧妙　科屬物種萬萬千
陰陽相合屬絕配　哺科繁衍進化中
銀河廣闊遼無垠　深奧之迷待探究
滄海一粟之人生　樂活地球逍遙居

2016/8/29 讚嘆生命的神奇與宇宙的奧秘

忘 我

右觀潭水清碧綠　左看斜坡奇卉林

山風透涼神氣爽　步遊其中若無我

行至內洞賞飛瀑　更上層樓溉四方

負離子能冠全臺　心胸暢達樂一遊

2016/8/31 回顧烏來內洞國家森林遊樂區之遊感言

怡然自得

關子嶺處風景區　度假勝地人潮往
泥濘特色溫泉浴　養身健骨遠近知
地形特異岩層帶　水火同源蔚奇景
群山並連蒼翠貌　賞景泡湯兩兼得

2016/9/5 回顧嘉義關子嶺度假遊感言

沈 醉

青青草原處高山　悠遊其中清新爽
峰巒起伏雲彩飛　蔚藍晴空數萬里
綿羊吃草遍青山　追趕成群牧羊犬
趣味橫生娛興多　樂不思蜀此山遊

2016/9/5 回顧清境農場之遊感言

知足常樂

仁者樂山談山高　智者樂水論海深
仁智所向大不同　益身之道同理心
人生於世不多時　把酒言歡勸知音
天地之廣我居中　何其渺小身處之

2016/9/6　寄身於天地間當歡須盡歡感言

麗日舒懷

遼闊無垠海茫茫　高聳燈塔亮光明

夜黑浪大航海行　覓尋方向當指南

化石林立海貝科　浮出水面已萬年

暢遊園區賞海景　美不勝收樂心懷

2016/9/7 回顧鵝鑾鼻國家公園一行遊感言

緣　圓

嫦娥奔月美傳說　深入人心已悠久
阿姆斯壯登月球　神話破滅虛無有
中秋禮俗今猶存　每逢佳節倍思親
家家烤肉戶戶香　月圓人圓事事圓

2016/9/7 回顧中秋節賞月感言

美如詩畫

府城台江風景區　典故由來非凡響

列強荷蘭侵台灣　據為己有利通商

偉哉成功戰船到　光復故土名遠播

綠色隧道美如詩　慕名而來源不絕

2016/9/7 回顧台江國家風景區綠色隧道鄭成功攻打荷蘭
　　　　處之遊感言

花開富貴

陽明山上花季開　杜鵑鮮紅綴滿山

百花奇卉貌鴬然　逍遊山中氣清爽

遠眺高聳地標樓　望之龐然赫立存

暗夜已臨霓虹閃　繁榮景象夜臺北

2016/9/8 回顧陽明山國家公園賞花及夜遊之旅感言

暢 遊

愛河貫穿市中心　美譽之名遐邇知
高樓大廈到處起　美輪美奐目不暇
旗津渡輪坐遊過　衝浪戲水泳客多
海天一色綴青山　暢快樂遊滿心中

2016/9/8 回顧高雄旗津之遊感言

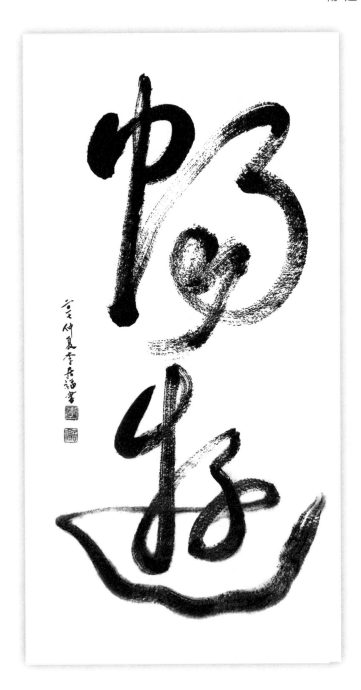

山之巔

雪山山脈綿延長　叢山並連鬱蔥蒼
健走林中氣軒昂　行色匆匆當日登
沿途美景無限好　賞景愉情樂心胸
登頂而上眺四方　人間仙境恍如中

2016/9/8　回顧雪山健走當日登頂往返感言

美意延年

汪洋一片海藍藍　廣闊遼遠無盡頭
浪浪追逐海上湧　波起波滅了無痕
野柳奇景女王頭　不朽而立數千年
看山看海賞美景　浸沉其中撫心靈

2016/9/10 回顧野柳北海岸賞景感言

山川毓秀

蒼鬱翠碧大雪山　松木林立好風光
野生動物群棲息　自然生態已成形
仰望蒼穹近眼前　海藍晴空白雲飄
健遊啞口觀景台　遠眺玉山美盡收

2016/9/11 大雪山國家森林遊樂區之遊感言

寬心自在

尋幽探訪小雪山　古木參天氣新鮮
徐遊林間聞啼鳥　悅耳之聲暢胸懷
行止天池賞美景　薄霧雰飛若仙境
人生有閒深山遊　益壽延年養生中

2016/9/11　小雪山天池之旅感言

巍峨長懷

豪雨連連土石軟　驚聞溪頭神木倒
巍聳已臨二千年　觀賞人潮數萬萬
精神指標意義大　每來溪頭此必遊
而今倏然無安在　引人懷思情悠悠

2016/9/12　驚聞溪頭神木倒下感言

註：溪頭鳳凰山麓連日豪大雨，造成神木區土石鬆軟，因而於
2016/9/11中午倒下。

耳目一新

深秋將盡寒冬臨　四時變化真奧妙
探索山林大自然　潺潺流水伴清風
臺灣藍鵲號國寶　楓葉火紅滿山谷
賞楓賞鳥最盛名　清新耳目樂悠遊

2016/9/13 回顧奧萬大國家森林遊樂區之旅感言

清新自在

溪水奔流狀波濤　秋蟬鳴聲意猶濃
依山傍水緩坡行　青山翠谷綠盎然
處女瀑布行盡處　壯麗磅礴勢非凡
忘卻塵俗心煩事　潤肺養氣此山中

2016/9/15 滿月圓國家森林遊樂區之旅感言

堅 強

翱翔天際茫茫然　無畏風雨飽摧殘

堅毅不拔之精神　堪為人類所榜樣

人生處世面面觀　十之八九不如意

盡其在我極所能　樂遊人間似海鷗

2016/9/18 閱天地一沙鷗感言

人盡其才

經典名作之莎翁　語錄巨擘萬古傳
戲劇哲言之精髓　品閱其文不釋手
山高自有另山高　強中更有強中手
生命存在各有本　天生吾才必有用

2016/9/18　閱莎翁語錄之感言

山高水長

孔孟學說哲理深　禮教之數鑠古今
莘莘學子必修習　倫理道德以提升
亙古以來共推崇　廣為後人所景仰
古聖先賢孔孟子　萬古流芳世世傳

2016/9/18　小品孔孟學說感言

過往情深

黃金歲月壯年時　養植蘭類上千棵

繽紛綻放花開期　百花鮮明芬芳香

親朋好友同分享　貨送客戶也順賞

蒔花養性雖過往　懷念之心情深深

2016/10/2 懷思昔日電綉頂樓上養蘭之情境感言

識廣學博

典藏國寶北故宮　奇珍異品數不清
翠玉白菜名遠揚　巧奪天工冠古今
欲睹廬山真面目　中外遊客遠道來
閒暇之餘逛故宮　豐富人生樂心中

2016/10/9 故宮之旅感言

萬年長青

家中門前兩大榕　葉茂幹粗齡三十
羣鳥聚集築巢棲　吱吱叫聲響不停
榕樹植此乃父為　前人種樹後乘涼
先父之舉堪楷模　造福人群世代代

2016/10/12　家前公園榕樹下乘涼感言

如沐春風

興坐客輪綠島行　碧海藍天浪白濤
暢騎機車環島旅　賞海賞景兩如意
浮潛潛水戲游多　海生世界化萬千
冷熱海水溫泉浴　泡享其中舉世稀

2016/10/25 樂遊綠島感言

逍 遙

谷深峯疊峻嶺山　關關陡峭關關上

八方雲集好山友　仙境之地齊探訪

山靈偉秀霧朦朧　森夜闃然溪湍流

林中鳥獸各歸巢　遊此深山樂同回

2016/11/13　谷關八仙山森林遊感言

巧如天工

竹山勝景名天梯　每逢假日人羣往
徒步而行路迢迢　行止天梯倦意消
步步高陞緩而下　形同雲中漫步走
山中小徑賞瀑布　鳥瞰深溪狀峽谷

2016/11/22 回顧南投竹山天梯一行遊感言

師 道

學有所長術有專　先夫吾道者皆師
古之聖人言師焉　其年先後夫庸知
是以博學通天下　名垂千古萬世傳
故而今人當效法　悟道其中識自廣

2016/12/5 閱韓愈之師說感言

雲山飛瀑流水

曉風殘月已初冬　桃梅綻放不久中

於世終日少過百　何須苦悶眉不展

世事難料本無常　當下能歡須盡歡

拋開惱人心煩時　怡情養性山野間

2016/12/21　意亂心煩山林遊感言

龍鳳呈祥

龍吟呼聲凌雲起　飛翔晴空日萬里
鳳鳴遨遊無天際　舞之祥雲越千里
如影相隨形不離　影蹤行跡處處留
隨和天地之變化　形影相合萬萬年

2016/12/23 墨書龍鳳呈祥感言

如 意

歲歲平安新年到　吉祥納福好運兆

跨年歡聲秒倒數　煙火四射美全台

晨曦迎接曙光臨　霞光輝照氣清新

願此今日有年年　年年好運平安到

2017年元旦感言

舒心樂遊

屏東外海小琉球　旅遊觀光好景點
舊砲陣地觀夕陽　餘暉耀眼曠心胸
璀璨瑰麗花瓶岩　豎然而立已經年
舒騎機車環島行　樂賞美景情逸然

2017/1/4　小琉球之旅感言

羣山聚鳥

信手拿來筆一枝　聞香沾墨任我揮
畫虎不成雖類狗　清心自在神悠然
畫山畫水畫地天　萬事萬物盡墨中
墨海無涯勤繪之　有朝之日期形得

2017/01/08 初學畫作感言

情意綿綿

溪頭之上杉林溪　曲折蜿蜒繞山陡
一鼠二牛生肖起　狗豬出現已不遠
羣山並茂青翠林　健走園中神采揚
花團錦簇牡丹花　聞香流連山林中

2017/1/15　回顧杉林溪牡丹花展之遊感言

仙樂長存

氣候異常變化大　阿里山上飄瑞雪
皓潔一片白茫茫　全家出遊好心情
踏雪賞景玩興濃　聖誕老人堆而歸
往事陳年憶難忘　歡笑之聲藏我心

2017/1/15 回顧阿里山國家森林公園下雪之遊感言

懷 古

奮起湖上夜一宿　滿天星斗亮光點

露珠猶濃五更時　聞雞啼聲催人醒

曉霧漸稀晨光臨　環步氣鮮杉木林

回遊火車鐵道亭　懷舊風情神飄然

2017/1/20 回顧夜宿奮起湖之遊感言

銘心效行

之乎也者矣焉哉　古之聖人言必之
才高八斗非天生　滿腹經詩勤而得
一蹴而就非然也　實乃苦學得為文
孜孜不倦之精神　當為後人所典範

2017/1/20 觀古聖先賢言必之乎也者矣焉哉感言

晴耕雨讀

日新月異新科技　文明產物花樣出

耕讀勤學漸稀少　文字使用變生疏

古來文人出口詩　學富五車以致之

昔人精神當效法　尋覽閱遍萬卷書

2017/1/20 觀今人文字疏離　為文不若古人　故當效法古人
　　　　　為學之精神

金雞報喜

春臨大地百花香　喜到人間金雞題
千祥雲集吉星臨　家家戶戶慶團圓
曉日普照新歲月　願景無限春光好
六六大順事事成　久久安康處太平

2017/1/28　新春感言

眠月臥雲

崖深陡峭依山行　景色優美太平山
寒風徹骨沁心涼　雪花飄零四紛飛
嬌艷櫻綻滿枝椏　一覺醒來幾點紅
翠峰湖處觀雲海　天地悠悠醉其中

2017/2/2 回顧宜蘭太平山下雪之旅感言

滿載而歸

向陽湖面遊艇繞　山青綠水波蕩漾

風臨此境意悠閒　景觀無數人潮湧

區域寬廣美景好　騎得鐵馬環湖走

鐵漢之軀也舒柔　馬上清心興來歸

2017/2/5　日月潭向山遊客中心騎鐵馬遊湖感言

奇美台灣盆栽

美如仙境臺灣島　麗秀山海塵與土
福佑德民生氣多　爾為小島志向堅
摩得不拔之精神　沙揚風起不畏難
臺灣之美名遠揚　灣灣相連江海隔

2017/2/5　細思臺灣之美感言

圓

文學創作需靈感　憑空而來虛無實

修辭琢磨費時日　文從字順冀望然

人生於世四海遊　年華老去不覺中

光陰易逝當珍惜　智慧心靈期兩全

2017/2/5 把握活在當下珍惜光陰感言

座右銘

從失去中學習釋懷
從釋懷中感到知足
知足就無所謂失去
萬事物盡在轉念間

李居福題 共勉之

後記

由偶然交織而成美麗的回憶

高中畢業後，未走向升學之路，而是與兄長們共同創業；期間，亦在電腦刺繡業界創造了人生巔峰的歲月。無奈社會變遷，產業外移，遂結束逾二十年的刺繡生涯，回到先前公司就職，多年後離開了職場。

職盡後，於股海載浮載沉，更忙著照顧年邁的母親與看護的瑣碎之事，無心於未竟之學業。2015年母親福壽仙逝後，精神無所託付，求知的慾望與日俱增，致淡泊於名利，縱遊於山水。

2016年之春，送小兒子台東服役，順便一趟花東縱谷之旅。沿途海波興漣，霞光輝映，雲彩朵朵，綠水青山，美不勝收，乃騁懷人事物已全非，由感而發寫下時隔33年之後的第一篇感言。爾後行之所至，心之所思，陸續記事樂遊為文。之際，適逢大兒子婚禮，心想小學時期曾代表學校參加過鄉縣演講及書法比賽，興起自購文房四寶來題字書寫囍事門聯，因而在台中國美館旁筆墨店巧遇書繪兼具的名師張鎮金老師。

之後，加入了由張老師指導的玩墨草堂書繪教室而學習。八個月期間，在張老師殷勤不懈的引導下，及與諸位學姊學友之切磋琢磨，受益良多，使本書得自行以書法及繪畫來插圖完成，謹此由衷的感恩。

同時感謝一路走來相識、相知而相惜的親朋好友，更感謝讀者的賞閱，也要感謝蘭台出版社張加君總編的鼓勵和肯定，及世界客家雜誌社黃義社長的編輯，使本書得以順利出版，謝謝大家。

國家圖書館出版品預行編目 (CIP) 資料

台灣記遊詩 / 李居福作. -- 初版. -- 臺北市：
博客思 , 2018.01 面；公分 --(當代詩大系：17)
ISBN 978-968-95257-9-4 (平裝)

851.486   106023743

當代詩大系　17

台灣記遊詩

作　　者：李居福
主　　編：黃　義
出 版 者：博客思出版事業網
發　　行：博客思出版事業網
地　　址：台北市中正區重慶南路一段121號8樓之14
電　　話：(02)2331-1675或(02)2331-1691　傳　　真：(02)2382-6225
E - MAIL：books5w@yahoo.com.tw 或 books5w@gmail.com
網路書店：http：//bookstv.com.tw/
　　　　　http：//store.pchome.com.tw/yesbooks/
　　　　　http：//www.5w.com.tw/、華文網路書店、三民書局
總 經 銷：聯合發行股份有限公司
劃撥戶名：蘭臺出版社　　　　　帳　　號：18995335
網路書店：博客來網路書店 http：//www.books.com.tw
香港代理：香港聯合零售有限公司
地　　址：香港新界大蒲汀麗路36號 中華商務印刷大樓
　　　　　C&C Building,36,Ting, Lai, Road, Tai,Po, New,Territories
電　　話：(852)2150-2100　　傳　　真：(852)2356-0735
經　　銷：廈門外圖集團有限公司
地　　址：廈門市湖里區悅華路8號4樓
電　　話：86-592-2230177　　傳　　真：86-592-5365089
出版日期：2018年1月 初版　　定　　價：新臺幣300元整
I S B N：978-968-95257-9-4　　　　版權所有・翻印必究